U0130384

# 衛斯理系列 少年版 12
# 衛斯理與白素

上

作者：衛斯理

文字整理：耿啟文

繪畫：鄺志德

衛斯理
親自演繹衛斯理

# 老少咸宜的新作

　　寫了幾十年的小說，從來沒想過讀者的年齡層，直到出版社提出可以有少年版，才猛然省起，讀者年齡不同，對文字的理解和接受能力，也有所不同，確然可以將少年作特定對象而寫作。然本人年邁力衰，且不是所長，就由出版社籌劃。經蘇惠良老總精心處理，少年版面世。讀畢，大是嘆服，豈止少年，直頭老少咸宜，舊文新生，妙不可言，樂為之序。

倪匡　2018.10.11　香港

目

錄

# 主要登場角色

白老大

白素

里加度

宋堅

衛斯理

白奇偉

阪田高太郎

秦正器

# 第廿一章

# 誤會一場

我簡直不能相信，屢次想害我的人，竟然是一向義薄雲天、光明磊落的宋堅。可是，⚫攝像鏡頭確實拍下了鐵一般的證據，偷襲我的人正是他！

白素分析道：「這事情，只有兩個可能，一個是事隔多年，宋大叔變了；還有一個可能，就是眼前的宋堅，**根本不是宋堅！**」

既然有假冒的秦正器，那麼還有假冒的宋堅也不足為奇，我說：「不論是哪個可能，他的目的只有一個，就是**獨吞**那筆財富！」

白素點頭道：「我估計他一定早已知道我哥哥的計劃，他不肯將自己的鋼板交出，是因為萬一他奪不到其餘的鋼板時，仍能以自己那塊鋼板來**要脅**我哥哥和他合作！」

我**憤慨**地說：「在他的小腿上，一定有着抓傷的傷痕，而我腿上的傷痕，則是他趁我昏迷時抓出來的！我要去告訴白老大**！**」

白素叮囑道：「小心，萬一碰到他，千萬不可暴露我們已經知道了他的秘密！」

我點了點頭，正想走向房門之際，突然響起了**敲門**聲。

白素收好手機，緊張地問：「**什麼人？**」

門外傳來的，正是宋堅的聲音：「是我，宋大叔。」

我和白素互望了一眼，彼此收拾好情緒後，我才去開門。

宋堅看到了我，先是**錯愕**，然後哈哈大笑起來，「衛兄弟，原來你也在這裏啊。熱戀中的**情侶**，真是一刻也捨不得分開。哈哈……」

我竭力地裝作**若無其事**，苦笑道：「宋大哥別取笑。」

宋堅看了看白素，然後拍了拍我的肩頭說：「衛兄弟，

我本來還**擔心**素兒的康復情況，所以來看看她，如今才知道，我的擔心是多餘的。哈哈……」

我連忙説：「我還有一點事，要去見白老大。」

怎料宋堅説：「真巧！我本來打算看完素兒便去找白老大，我們一起去吧。」

我回頭向白素望了一眼，白素向我使了一個**眼色**，示意我放心去。

宋堅又取笑道：**「衛兄弟，捨不得走嗎？」**

我回過頭來，尷尬地笑了一下，便跟着宋堅走了出去。

我們沿着**走廊**前往白老大的書房，走到半途，宋堅突然大力拍我的肩頭，不禁嚇了我一跳。但他滿臉笑容地説：「衛兄弟，你猜我找白老大是為了什麼事？」

我鎮定心神説：「應該是關於鋼板失蹤的事吧**？**」

「錯了，我根本沒有事要找他。」

聽到宋堅這麼說，我立刻緊張起來，他的意思是故意和我一起走，想趁機把我解決掉嗎？我已作好**戒備**，隨時應戰。

但宋堅突然笑道：「因為那是你和素兒的事。我打算做你們的**媒人**，替你們向白老大説説好話。」

聽他這麼説，我鬆了一口氣，但同時心中起了極大的疑惑，宋堅的言行**一如以往**的親切，説他是假裝出來的話，那實在裝得太逼真了。可是，如果説他不是假裝，那麼**攝像鏡頭**拍到他偷偷帶着**毒蛇**進入我的房間，又怎麼解釋？

我們來到了白老大的書房門前，**推門而入**，我看到白老大神色凝重地剛放下了**手機**。我不禁疑惑，這裏不是接收不到網絡信號嗎？不過以白老大的科技知識，這個地下建築必定佈置了**無線內聯網**，加上白素剛才對我使

了一個 **胸有成竹** 的眼神，此刻我便 **恍然大悟**，白素剛剛已經把宋堅的事用手機發訊息告訴白老大了。

只見白老大嚴肅地站起來，望了宋堅半晌，說：「中國幫會之中，雖然人才輩出，但不少因為 **利慾薰心** 而晚節不保。宋兄弟，你在七幫十八會中的威望僅次於我，我也對你十分尊重，總希望你不要自暴自棄！」

宋堅面色一變，憤慨地說：「老大，我和你是 **肝膽之交**，講話不用閃爍其詞，有什麼話不妨直說！」

白老大亦爽快起來，「好，憑我倆的交情，有話應該直說。那麼，請你將那二十一塊鋼板交出來！」

宋堅一聽，**面色發紫**，拍案怒問：「老大，你這是什麼意思**？**」

白老大板着臉說：「那二十一塊鋼板在你身上，而三番四次想害衛兄弟的，也就是你！」

只見宋堅情緒激動，**憤慨**地説：「白老大，想不到我倆一場相知，你竟然説出這樣的話？既然你不相信我，我留下來也沒有意思，告辭了**！**」

他話一説完，便轉身大踏步離開。我連忙厲聲道：**「想溜麼？」**

宋堅料不到我也突然對他發難，怔了一怔，**勃然大怒**地暴喝：**「讓開！」**

他的右手「**呼**」的一聲揮來，力道甚大，我立即

身子一閃，以小擒拿手中的一式
「逆拿法」去抓住他的手腕。

　　但宋堅的反應極快，**右臂**
突然向下一沉，竟用同一式的
逆拿法來抓我**手腕**，我大吃一
驚，連忙後退。

　　這時候，白老大掠到我和
宋堅之間，一看便知，他要與
宋堅單獨**決鬥**。

　　宋堅二話不說，抓起一
張**椅子** ，向白老大當頭
砸下。白老大一閃避開，椅
子正好擊在門上，把門都砸
破了。宋堅立即轉過身來，

13

轉臂向前一送，那張椅子便疾飛而出，他人也跟在椅子後面，向白老大撲去。這是 中國武術 中的一門絕技，名叫「飛身追影」！

　　白老大一揮手臂，將迎面飛來的椅子擊向天花板上，撞得粉碎。木片還未落下，宋堅已左右雙拳擊向白老大，白老大不敢怠慢，翻起了書桌阻擋進攻，然後也攻出了雙掌，彼此隔着書桌對掌。

這時候，打鬥聲已引來不少人聚集在 書房 門外

圍觀，大家不禁驚訝地問：「白老大、宋大哥，什麼事不好

說，而要動手？」

宋堅冷笑道：「各位兄弟，白老大說我存心害衛斯理，

吞沒了那二十一塊鋼板！」

眾人交頭接耳起來，都出現難以置信的神色。

我立即說：「姓宋的，我們可沒有冤枉你！」

宋堅向我「呸」了一聲：「算我瞎了眼，竟會和你**稱兄道弟**！」

「不到你不認！」我**怒**不可遏，深吸一口氣，準備將事情經過說出來之際，突然聽到一把嬌喘吁吁的聲音說：「爹，宋大叔，不要打！」

　　我們循聲看去，只見門外聚集的人一同讓開，那個曾奉白素之命救我的中年婦女扶着白素走了過來。

　　她站定後，喘着氣説：「停手啊！這是一場誤會。宋大叔，一切全是我不好，請你原諒我，還有我爹和衛大哥！」

　　聽到白素如此説法，在場的人無不感到愕然。

## 第廿二章

不可想像的敵人

白老大和宋堅一時分心，隔於中間的書桌被兩人的**掌力**壓斷成了兩截。他們因此雙掌對接，各把對方震退了幾步。

當白老大和宋堅想繼續交手的時候，白素連忙再喊道：「住手**！**你們跟我來看看就明白了！」

白老大沉聲道：「素兒，你在搞什麼鬼？剛才你不是截圖發給我看了嗎？」

其他人聽得**一頭**霧**水**，白素輕輕地嘆了一聲，「爹，是我太粗心了！」

於是，白素領着大家回到她的房間，只見牀邊的几子上放了一部**投映機**，並接駁着白素的**手機**。

那中年婦女扶白素坐到牀邊，白素操作手機，把手機裏的片段投映到牆壁上。

眾人看到那 **微型攝像鏡頭**所拍到的片段，一個男人帶着毒蛇潛入我房間的情形。白素將畫面停在那男人的正面，眾人細心一看，無不驚呆住了。

宋堅也雙眼發直，好像不能相信自己的**眼睛**。

白老大冷冷地説：

「宋兄弟，怎麼樣**？**」

宋堅依然發着呆，

但白素説：「我們看到此

處，便以為害人的，一定是宋大叔，所以沒有再看下去，而錯就錯在這裏了！」

「怎麼會錯？」我大惑不解？。

「我再播放下去，你們就明白了。」白素繼續播放片段，只見片段中的「宋堅」避開了我的攻擊，我的拳打穿了房門，木屑紛飛的時候，「宋堅」獰笑了一下。白素立刻把畫面定格在此處。

我和白老大都看不出什麼**破綻**來，但宋堅卻失聲道：「**是他！**」

白素連忙追問：「宋大叔，他是誰？」

我忍不住插嘴說：「怎麼啦？那不是他是誰？」

　　白素卻搖了搖頭：「大家仔細看看那人的牙齒。」

　　於是我集中觀察那人的牙齒，再對比宋堅的牙齒，不禁「啊」的一聲叫了出來，

　　原來那人雖然外貌和宋堅一模一樣，但在他一笑間，上排牙齒上卻有着兩枚極尖的犬齒。而宋堅的牙齒卻十分整齊，沒有那麼尖銳的犬齒。這一分別，不細心，絕對看不出來。

白老大站了起來，向宋堅走去說：「宋兄弟，對不起，我沒有查清楚就妄下定論。」

我也想道歉，只見宋堅擺擺手說：「老大、衛兄弟，你們不必多說，宋某又非**小器之人**。」

白老大點了點頭，我也沒有說什麼，而白素則再問一遍：「宋大叔，那個究竟是什麼人**?**」

宋堅深吸了一口氣，說：「**他是我的弟弟！**」

眾人都大吃一驚，宋堅解釋道：「他和我相差一歲，自小就沒有人分得出我們，直到換了乳齒之後，他生了一對尖銳的犬齒，人家才能夠分辨出來。他離開**飛虎幫**後，我也有許多年沒見過他了。」

宋堅講到這裏，白老大突然猛地拍腿說：「**我要到實驗室去！**宋兄弟，請你去我書房護住鋼板，其他人則守住各大小出入口！素兒，你留在這裏休息，不要再勞累了。」

白素答應一聲，白老大便一**馬當先**衝了出去，我緊隨其後，宋堅和其他人則依照白老大的吩咐去辦。

進了實驗室，白老大匆忙打開了一個屏幕，視察**海灘**上的情形，原來此刻外面正是**陽光普照**的好天氣。

白老大操作着一排儀器，調節監視鏡頭的方向和焦距，鏡頭在海面上搜索了一會，白老大突然向 屏幕 一指，説：「**看！**」

我看到一艘 **快艇** 正在海面上飛馳而去，艇上有兩個人，但看不清他們是什麼人。

白老大又操作了一下儀器，將鏡頭盡量拉近放大，漸漸可以看到，艇上是**一男一女**。那男的和宋堅一樣，而女的卻戴着一頂 **大草帽** ，認不出她是什麼人。

白老大不忿地説：「遲了一步，他果然走了！但那女的又是誰？」

他正問着的時候，那女子恰好回過頭來，我一看清她的面容，不由自主發出了一下驚呼。

白老大連忙回過頭來問：「**怎麼啦，你認識她？**」

我簡直無法相信自己的眼睛，因為那女子正是我的表妹紅紅！

紅紅怎麼會和宋堅的弟弟在一起？我絕不懷疑紅紅的**冒險精神**，卻難以想像她竟會聯同宋堅的弟弟一起偷取七幫十八會的鋼板，這是連我也不夠膽去做的事**！**

「衛兄弟，你為什麼不說話？她是誰？」白老大追問。

我只好坦白說：「**她是我的表妹**，在美國的大學念藝術，和我們這類人，根本一點也搭不上關係，自從她被白奇偉綁去之後，我也未曾再見過她了。」

白老大點着頭，「這其中一定另有**曲折**，他們走得如此匆忙，或許我書房中的四塊鋼板，也已被他們取走了！」

　　果然，我們回到白老大的書房，只見宋堅**滿頭大汗**地搜索着，也找不到那四塊鋼板。

　　白老大嘆一口氣說：「鋼板已被偷去了。這事非常嚴重，我想請你們兩位設法將那二十五塊鋼板盡快追回來。七幫十八會的這筆$**財富**$，絕不能落在他人手中！」

　　我和宋堅幾乎**異口同聲**答應：「好，我們一定盡力！」

白老大打開了一個抽屜暗格，取出兩部**手機**，分別交給我和宋堅。

「這手機……」我們都感到**莫名其妙**。

白老大解釋道：「它表面上是一部手機，功能也和一般手機無異，但即使在沒有網絡信號的環境下，兩部手機在十公里之內依然可以互相聯繫。除此之外，它的鏡頭上暗藏**指紋感應器**，你們只要用手指在鏡頭上按一下，它核對過指紋無誤後，便會射出一種**藥水**，只要射中面部，對方在三秒鐘之內便會昏倒。每部手機足夠**射擊**七十次之多，你們帶在身邊，大有用處！」

我們藏好了這「手機」，與白老大握了握手，還來不及跟白素道別，就立刻出發了。

我們坐着白老大安排的快艇，在海上飛馳而去，宋堅趁這個時候提醒我：「我那個弟弟叫宋富，他武術一般，但眼界奇準，不論開槍射箭都 **百發百中**，而且曾在東非的 **土人部落** 得到一些 毒☠藥，衛兄弟，你要小心！」

我點了點頭，心中卻擔憂着紅紅的安危。

沒多久，我們便回到市區了。由於暫時不知道宋富和紅紅去了哪裏，我建議先回到我家裏歇息，再作部署，宋堅贊同。

可是來到家門口，當我開門進去後，我和宋堅都大吃一驚！屋內的一切全被搗毀了，只有一張沙發是完整的，那是因為有一位 *不速之客* 正坐在那沙發上，還提着一柄 *機關槍*，指着我和宋堅，只要他手指一動，我和宋堅就馬上變成 黃蜂窩 了。

而這個人正是白奇偉！

## 第廿三章

白奇偉面帶奸笑說：「**久違了，兩位可好？**」

宋堅喝道：「奇偉，放下槍來**！**」

但白奇偉冷笑一聲，「舉起雙手！」

我和宋堅無可奈何，只好舉起手來。

白奇偉吹了一聲 **口哨**，便有四個人從屋子各處走到客廳來，一看便知他們是青幫中的人物，是白奇偉的忠心手下，他們都拔槍指着我和宋堅。

「將他們兩人雙手銬起來！」白奇偉命令道。

立時便有兩人取出 **手銬**，把我和宋堅的雙手銬在背後。

白奇偉冷冷地說：「姓宋的，我已經知道，原來取走鋼板的人是你！我**費盡心思**才將鋼板吸在 電磁鐵 上，你卻**撿**了便宜，這筆帳怎麼算？」

宋堅亦冷冷地回應：「你弄錯了，取走鋼板的，另有其人，並不是我。」

白奇偉向身旁的一人指了指，「我安排他去取鋼板，但你已先到一步，他還挃了你一腳，這難道會是假的嗎？」

宋堅說：「取走鋼板的，是我的弟弟，他長得和我 **一模一樣**，這位朋友認錯人了。」

白奇偉 **冷笑** 一聲，「長得一模一樣的兄弟？你可以去寫小說了。鋼板在什麼地方？快交出來！」

宋堅 **苦口婆心** 道：「奇偉，我說的全是實話。你爹為你的事傷心極了，你不要 **一錯再錯**，快放了我們，一同尋回那二十五塊鋼板的下落，**將功贖罪** 吧！」

白奇偉奸笑幾聲，「說得倒好聽，你要是不交出來，我先叫你們兩人吃些苦頭！」

這時候，宋堅嘆了一口氣，忽然說了一句話，即使我就在他旁邊，也聽不清楚他說什麼。

白奇偉皺着眉，「你說什麼**？**」

「**我說**……」宋堅的聲音非常含糊，他一連兩次都這樣，我登時 **如．．夢初醒**，知道他準備有所動作。

白奇偉喝問：「**你究竟說什麼？**」

「我是說──」

宋堅趁白奇偉側着頭靠過來細聽的時候，突然 **蓄 力** 用頭撞向白奇偉的頭部！

白奇偉沒料到宋堅有此一擊，被撞得後退兩步，一時間暈頭轉向。

在那 **電 光 火 石** 間，宋堅撲前，我也立即將一張沙發踢了出去。

只聽到「**砰砰砰砰**」一陣槍響，分明是白奇偉的機關槍已經開火，我來不及看宋堅有否被射死，身邊一個青幫的人已向我開槍，「砰」的一聲，**子彈**在我身邊呼嘯而過，我立即向那人疾撞過去，將他撞出七八尺！

就在此時，白奇偉慌張地喊道：「**住手！住手！**」

定睛一看，原來白奇偉已跌倒在地，機關槍也落在地上，宋堅一腳踏住他的胸口，另一腳踏住他的右腕，使他**動彈不得**。而天花板上落下了一陣灰，我抬頭一看，只見天花板上有一排**子彈洞**，顯然是宋堅撲倒白奇偉之際，機關槍射偏到天花板上。若是宋堅動作慢了半分，我和他可能已變成黃蜂窩了。

宋堅喝令道：「快將我們的手銬開了！」

白奇偉如同 **應聲蟲** 一樣，說：「快將他們的手銬開了！」

他的手下自然知道，宋堅只要腳上一運勁，白奇偉便 **性命難保**，因此立即有人上來，先將我的手銬解開，我連忙將他們的手槍一一收起，又將機關槍拾了起來。

宋堅的手銬也解開了，才退開雙腳，讓 **滿面通紅** 的白奇偉站起來。宋堅笑道：「奇偉，**薑是老的辣**。」

白奇偉不忿道：「若不是我心軟，你們早已死了！」

這時候，忽然傳來一陣「**嗚嗚**」的警車聲，不用說，一定是剛才的槍聲驚動了鄰居，有人報警，**警車** 已經趕到。

「我們快由後門走！」我連忙將槍械都拋在地上，迅速地帶着眾人從後門逃出，穿過橫巷，來到了馬路上，宋堅緊緊地靠着白奇偉，白奇偉吩咐手下裝作路人散去。

我們三人再走出幾條馬路，到了一處比較隱蔽的地方，宋堅說：「奇偉，你手下人多，**眼線👁廣佈👁**，如果發現我弟弟的下落，請馬上告訴我。白老大已吩咐我和衛兄弟去尋回那二十五塊鋼板，你能協助的話，他自然會對你改觀。」

我補充道：「還有被你綁架過的紅紅！如果你發現她的蹤迹，請也告訴我！」

白奇偉「哼」的一聲說：「你們把我當作什麼？你們的手下嗎？我要怎麼做，我自有主張！」

他說完便跨出大街去，我和宋堅不便與他糾纏，只好由他離去。

白奇偉走了後，我和宋堅也從另一邊走出大街，剛好一輛巴士到站，我倆便索性上了巴士，隨巴士而去，一直到總站才下車。

我們餓了，走進一家餐廳用膳，順便討論接下來的行動。宋堅低聲說：「我弟弟已集齊了二十五塊鋼板，自然知道埋藏那筆財富的地點，他們可能已經出發去尋寶了，我們必須查出他們的去向。你可有辦法？」

「**有！**」我立即想起黃彼德來，連忙拿起手機打電話給他。

黃彼德一聽到我的聲音，異常吃驚地説：「你還敢打電話來？**你闖大禍了！**警方在你家中搜到了許多**槍械**，而且還曾經發射過，你平時常到的地方，都有**警員**在搜捕你，你不知道嗎？」

我心中暗暗吃驚，「我明白了，但我有一件事要你幫忙。」

「快説。」

「請你幫我查一下，可有一男一女購買**機票船票**離開香港，男的叫宋富，女的叫Red Red Wong，用的是美國護照，有消息請馬上告訴我。」

黃彼德馬上答應，「好，你自己要小心。」

掛線後，我對宋堅説：「宋大哥，警方正在拚命**搜捕**

我，如今只有一個地方安全，我們要盡快趕去！」

　　我所講的安全地方，就是**G領事**的辦公處。我和宋堅匆匆用完餐，便坐 **的士** 直驅G領事的辦公處。我將目前的處境對G領事說了一遍，他立即答應幫忙，還領我去見秦正器。

　　此時秦正器正在偏廳裏專心練功，我叫道：「秦大哥。」

他回頭看到我和宋堅，驚喜萬分，連忙撲過來與我倆擁抱寒暄。

「許久不見了，宋大哥！」

「秦兄弟，**別來無恙**嗎？」宋堅笑道。

我問秦正器：「秦大哥，你的遊戲上癮戒掉了沒**?**」

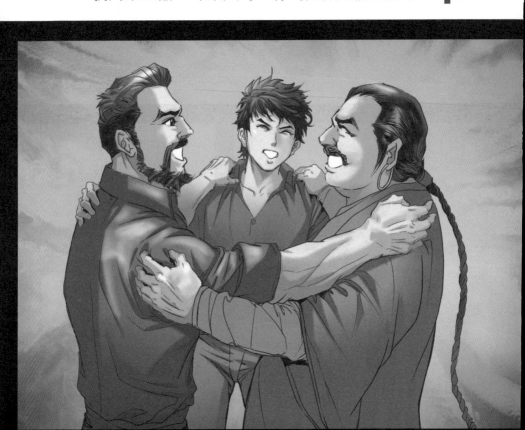

他苦笑道：「我已經三天沒碰過**手機**了。」

我們都哈哈大笑起來，接着我又將冒充他的經過及後來發生的變故詳細地說了一遍，秦正器也對鋼板被奪去感到十分**憤慨**。

大家都累了，我們休息一晚，到了第二天早上，黃彼德終於**來電**，告訴我他查到了兩個可疑的人，說不定就是我要找的一男一女。不過，那男的並不叫宋富，而是**阪田高太郎**，用的是日本護照，這一男一女的目的地是**馬尼拉**，乘坐今天中午十一時四十七分起飛的班機。

我和宋堅商量過後，決定追蹤此一男一女，於是請G領事循外交途徑訂了兩張**機票**，還設法給我一本臨時的外交人員護照。由於我被警方**通緝**，我和宋堅分開出發，萬一我被捕，宋堅也可以繼續行事。

我匆匆化裝易容，然後坐G領事安排的車子到達機場，時間是**九時四十七分**。

我找了一家位置最適合監視四周的餐廳坐了下來，怎料才一坐下，便有一個人坐在我的對面，而且正是那個在清靜山逮捕過我的程警官，他向我亮出證件說：「**警察！**」

我不禁大吃一驚！

## 第廿四章

各路人馬匯集

　　程警官穿的是便衣，他身旁也站着三個人，顯然也是便衣警員。

　　我以為一定是我化裝時間不充足，所以被認出來，怎料程警官低聲說：「我們要徵用這個位置辦案，請你到別處去。還有，不要向任何人透露我們的身分。」

　　我幾乎笑了出來，原來他並非認出我，是我高估了這位 離島警官 的能力。

「嗯嗯！」我連忙站起來，**唯唯諾諾** 地離開，但順手在椅子底部貼上了一個極微型的 **偷**聽器。

我走到大堂遠處坐下來，戴上耳機，偷聽程警官與下屬的對話。

程警官說：「大家要注意兩個目標，一個是 **衛斯理**，另一個是身分未明的 **大毒販**，有情報顯示，這個神秘毒販的基地在菲律賓，他很可能會坐今天中午十一時四十七分起飛的班機。大家依計劃 **監視**！」

「知道！」其他便衣警員應道。

原來他們除了搜捕我，還在調查那個國際大毒販的行蹤。我不知道程警官是什麼時候從離島調動到這裏來負責 **緝毒**，但我乘坐的班機正是他們的目標，他們很可能也會上機調查，我得加倍小心，不能露出破綻。

　　沒多久，我看到一個挾着 **公事包** 的中年人走

過，當他在我身邊經過的時候，他低聲説了一句：「**是**

**我。**」

　　我馬上便知道他是宋堅。我們假裝互不相識，他隔着

很遠坐了下來。

　　離起飛的時間愈來愈近，我和宋堅先後到了 **候機室**。

搭乘這班飛機的搭客應該差不多來齊了，但我仍未發現宋富

和紅紅的蹤影。

　　當然，我知道紅紅和宋富很可能也和我一樣，**易容化**
**裝**成另一個模樣，使我認不出來，所以我十分仔細地觀察
每一名搭客。

機場的 擴音器 突然傳出廣播：「阪田高太郎先生，請到失物認領處。」

一連叫了兩三遍，我看到兩個便衣探員顯得相當緊張，我自己當然也十分緊張，但候機室中，卻沒有人前往失物認領處，反而看到宋堅剛回來坐下，向我使了一個眼色，我便明白到，剛才是他為「阪田高太郎」偽造了一件失物，交給機場，讓機場廣播，引對方現身。

這是非常妙的計策，可是沒有成功，候機室異常平靜，或許是宋富太機警了，沒有上當。

我心裏着急，索性去問閘口前的空中小姐：「剛才我聽到廣播呼喚阪田高太郎？」

她說：「是啊，你就是阪田高太郎？」

「噢，我不是，但阪田高太郎是我的老朋友，我們已經二十多年沒見了，可能樣子也認不出來，你可以告訴

我他的 座 位 號 碼 ，讓我們老友重聚嗎**?**」

　　那位美麗的空中小姐並沒有懷疑，即時幫我查看了一

下資料，說：「他的座位號碼是**三十四號**。你可要我

通知他？」

我忙道：「不，不必了，我想給他一個意外的**驚**喜。」

這時候，擴音機通知搭客開始入閘，我將機票給了空中小姐，便提着行李登機。

我上了飛機，找到自己的座位，坐了下來。在訂機票時，我已經託G領事要求最後面的位置，以便**監視** 👁 機上其他搭客。

我坐定不久，宋堅也上了飛機，我拿起白老大那部能射出**毒**☠**液**的手機，給他傳訊息：「阪田高太郎，是三十四號座位。」

怎料他回道：**「你在開玩笑嗎？」**

我不明所以，立即抬頭尋找三十四號座位的位置，一看之下，我也驚呆住了，因為坐在座位上的，並不是宋富，而是有着「第一美人」之稱的 ✨**電影明星**✨！

宋富即使易容化裝，也不可能裝扮成一個有名有姓、

人人認得的電影明星，那只會令他更**惹人**注目👁。所以我想，大概是那空中小姐弄錯了，阪田的座位並非三十四號。

我回覆訊息給宋堅：「事情有點不對，我弄清楚了再和你聯繫。」

我深信宋富和紅紅一定在這架**飛機**✈中，我思考着有什麼辦法，可以查出「阪田高太郎」的座位。

飛機起飛一會後，我忽然想起了宋堅剛才的妙計，不妨**故技重施**。我立刻悄悄地拿出自己的皮夾，將內裏的東西全部取走，用小刀在**皮夾**上刮出「阪田高太郎」的日文名字，等到有**空中小姐**經過時，我將皮夾交給她説：「小姐，這是我上機後撿到的，我相信是機上搭客的東西，請你交還給他。」

空中小姐接過皮夾後，我便**目不轉睛**👁地注視着

她，看她會把皮夾交給哪位搭客，那人自然就是「阪田高太郎」了。

她看到皮夾上的日文名字，便回去核查搭客的名單，似乎找到了脗合的名字，又走了回來，我正等待着她揭曉誰是「阪田高太郎」的時候，沒想到她居然走到了我的面前，對我笑了一笑，向我旁邊的一名禿頂老者叫道：「阪田先生，阪田先生。」

那**老頭子**一直在睡覺，**睡眼**惺忪 ᶻᶻ 地「嗯」了一聲。

我心中吃驚的程度實在**難以形容**。我絕對沒想到，阪田高太郎，也就是宋富，竟然就在我的身邊！

空中小姐將皮夾送到他的面前，他搖了搖頭說：「那不是我的東西，別打擾我休息。」説完把頭一側，又**打瞌睡** ᶻᶻ 去了。

他的座位在我旁邊，是**五十四號**，閘口那位空中小姐應該是一時看錯成三十四號了。

我悄悄用那手機傳訊息，告訴宋堅阪田就坐在我旁邊，他問我找到紅紅沒有，這也是我感到**疑惑**的地方，假設阪田真的是宋富，那麼紅紅又在哪裏呢？

於是，我又仔細地打量每一位女搭客，正當我的目光停在阪田前面那個四十歲左右的**日本女人** ● 身上時，她竟突然轉過頭來！

原來她找阪田，以日語叫道：「阪田教授，阪田教授。」

阪田迷迷糊糊地回應：「什麼事**？**」

那中年婦人説：「阪田教授，演講稿 是不是在你身上？」

　　阪田在身上找了一會，拿出了一疊紙來，上面密密麻

麻地寫滿了日文，我偷望過去，只見題目是「種子植物的

繁殖研究」，另外還有一大堆植物學上的專門名詞。

　　那中年婦女將整疊稿紙接了過去說：「對不起，我

想把握時間將它翻譯成英文。我們一到馬尼拉,便立即要用上它了。」

阪田點點頭,也不睡了,打開一本雜誌,看得**津津有味**。那是一本生物學界的**權威雜誌**,普通人根本看不懂。我開始懷疑,他到底是不是宋富。

這時候,宋堅忽然給我發訊息:「你看到了沒有?前面那三個菲律賓童子軍,是**神鞭三矮**,那個神父是**白奇偉**,可能還不止他們四個人!」

情況愈來愈混亂了,飛機上有警方人員,有白奇偉一伙人,有我和宋堅,還有宋富和紅紅,雖然我還不太肯定這個阪田是否宋富。

我側着頭,想看清楚阪田手中的雜誌,看到當中有一篇文章,**署名**正是「阪田高太郎」,怎料就在這個時候,他忽然抬起頭來瞪着我!

# 第廿五章

我感到十分尷尬，立刻給他戴高帽子：「原來閣下就是著名的 ✦生物學家✦ 阪田高太郎？」

他露出了笑容，「你是？」

「我對蒐集 昆蟲標本 也很有興趣。」

他不屑地「哼」了一聲，「那不是生物學。」

「當然。但是我有兩隻 西藏鳳蝶 的標本，和一個馬達加斯加島上的 琥珀四目蛾 標本，如果有機會的話，很想請你這樣有名望的專家去鑑定一下。」

我一面說，一面注意着他的神態，只見他雙眼發亮，用日語喃喃地說了幾句「太好了」、「簡直不可能」等**驚訝**的話，因為我所說的那兩種**昆蟲**，均是極其稀少珍貴的東西。我從他的反應能看出，他是**如假包換**的生物學家。

阪田接着和我*滔滔不絕*地聊起生物學來，不時又和他前面的婦人交談幾句，那婦人看情形是他的秘書。他說他到馬尼拉去參加一個**東南亞**生物學家的年會。參加這個年會的，全是世

界知名的 ✦生物學家✦。像這樣的身分，是很難假冒的，
所以我也漸漸認為他不是宋富，一定是黃彼德的 **情報** 出
錯了，但白奇偉又怎會同在機上？

飛機降落馬尼拉機場後，宋堅和我先後離開了飛機，白
奇偉和神鞭三矮，還有警方的兩名便衣探員，都在遠遠的前
方，而阪田高太郎與秘書就在我的前面，隔住一個胖婦人。

忽然間，那**胖婦人**站不穩向前撲，我正想伸手把
她扶住之際，只見阪田的動作更快，胖婦人的手才碰到他

的肩頭，他已揚起右手將胖婦人的手腕扣住，回頭發現是

跌倒意外，才將手中的**勁度**卸去，把胖婦人扶穩。

　　那胖婦人向阪田連聲道謝，但我卻心頭狂跳，因為阪

田剛才*純熟*快速的動作，分明是中國武術七十二路小擒拿

法中的一式「**反扣法**」。一個著名的生物學家，居然會

這種功夫，而且還練得**爐火純青**，實在大有可疑。

　　出了機場，阪田和女秘書登上一輛有着當地大學名稱

的 *汽車*，我沒有 *跟 蹤* 他們，先到一家豪華的酒店住

了下來。宋堅當然也在這家酒店下榻，但巧合的是，警方

的便衣人員和白奇偉居然也住在這酒店中。

　　我和宋堅住在不同的房間，彼此用白老大那部 **手機**

 來溝通，我把觀察到的情況告訴他，他也主張嚴密注

視阪田的舉動。

我 上網 搜尋關於阪田高太郎的資料，他的確是極有名的生物學家，有「旅行學者」之稱，幾乎一年到頭都 周遊列國，對一個生物學家來説，倒也不是什麼值得奇怪的事。但令我注意的是，他曾在 美國 一家大學教過書，而且正是紅紅就讀的那家！

我和宋堅輪流跟蹤阪田高太郎，其間多次碰見警方的便衣人員和化裝成神父的白奇偉，幸好他們都認不出我們。

一連四天，阪田除了出席會議之外，都留在酒店內。他 下榻 的酒店離我住的酒店不遠，我買通了那酒店其中一個侍者，替我 監視 阪田的動向，定時向我報告。

直至會議最後一天，那侍者打電話告訴我：「阪田教授明天將會離開馬尼拉。」

「知道他到什麼地方去嗎？」我緊張地問。

「是到泰肖爾島去。」

「那是什麼地方**?**」

那侍者的聲音很無奈，「我也不知道。我們國家由幾千個 **島　嶼** 組成，我雖然是 **＊▶菲律賓人**，也無法知道每一個島嶼的名稱。」

「好吧，有進一步消息記緊告訴我。」我掛線後，立即上網搜尋泰肖爾島的位置，但居然找不到。

我向酒店職員查詢，又向他們借來各式的**地圖**，依然找不到泰肖爾島，甚至連讀音接近一點的也沒有。

我想了片刻，索性用最直接的辦法——**📞打電話**問阪田高太郎！

電話接通到他酒店的房間後，我立即以英語說：「阪田教授，我是××報的記者，今天會議結束了，教授接下來有什麼 *行程* 嗎？」

阪田高太郎也操着英語回答：「我想在貴國的沿海小島，蒐集一些 生物標本 。」

我立即追問：「教授的目的地是哪一個島？能告訴我們嗎？」

他支吾未答之際，卻傳來一個女子的聲音，用**中國話**說：「快走啦，還打什麼電話**?**」

我認得那是紅紅的聲音，正想問下去，只聽到阪田

「\啊/」了一聲，然後對我説：「**對不起，恕難奉告。**」

他匆匆掛了線，而紅紅的那句話顯示他們現在就要離開馬尼拉。

我連忙衝出房門，不再掩飾我和宋堅的關係，與他一起坐 的士 趕往阪田所住的 酒店 。到了門口，恰巧看到阪田高太郎和他的女秘書上了一輛的士。我和宋堅

連忙吩咐司機跟着他們的車子走。

　　沒多久，我們已駛出了市區，但前面那輛車子還未到達 **目的地** ，約莫又追了半個小時，我們的車突然慢慢停下來，的士司機苦着臉，回過頭來對我們説：「沒有油了！」

　　我們 **氣炸了肺** ，只好立刻下車，嘗試再截一輛的士或順風車，恰巧真的有一輛車子從後方駛上來，我們伸手截 *順風車* ，但那輛車在我們身邊掠過，捲起來的塵土，撒了我們一頭一臉，車中還傳出白奇偉 **哈哈大笑** 的聲音！

　　我和宋堅互望了一眼，白奇偉顯然也一直在注視着阪田高太郎，現在還搶先我們一步追蹤去了！

　　我倆只好沿着那條路走，一直也截不到其他車子。沒多久，我們來到了一個 **海邊小鎮** ，鎮上十分冷清。其

中一家出租**遊艇**的公司門前有人，我們便立刻上前問：「你好，請問你剛才有見到一個日本人和他的女秘書，後來還有一位†**神父**†嗎？」

「當然見到**！**原來你是他們的朋友嗎**？**」那人熱情地推銷説：「這裏最快的三艘快艇，都是屬於我們公司的，其中一艘早就給那日本教授預訂下來，剛才他和秘書已取去了。另外一艘剛剛也被一位神父租去。如今恰好還剩下一艘！」

照他所説，阪田和白奇偉兩方面的人都已經出海了，我立刻追問：「那日本人租船，是不是到**泰肖爾島**去？」

那人驚訝得**瞪大**了眼睛，「什麼？原來你們要去泰肖爾島？」

看他的反應，他似乎知道泰肖爾島的位置，而且還十分**懼怕**。

id="1"

「可以告訴我泰肖爾島在哪裏嗎？」我問。

那人嘆一口氣說：「那泰肖爾島，在**地圖**上是根本找不到的。」

## 第廿六章

出海尋島

「為什麼地圖上找不到泰肖爾島？」我和宋堅 **不約而同** 地問。

那人解釋道：「因為它其實是在一個環形大島中間的一個小島。日軍佔領菲律賓時期，那裏曾是一個 **秘密基地** ，後來日本人撤離後，那地方輾轉成為了胡克黨的大本營！」

我和宋堅不禁嚇了一跳。**胡克黨** 是一個 **窮凶極惡** 的盜匪組織，其無法無天的程度，連意大利「黑手黨」都瞠乎其後。胡克黨正是利用了菲律賓特殊的地形，在

島與島之間流竄，所以一直難以被徹底消滅。如果泰肖爾島真是胡克黨的 **大本營** ，那麼，到這個島上去，就等同送死無異！

但我們實在非去不可，我着急地催促道：「請帶我們看艇 **！** 」

那人便領我們來到海邊的 **小碼頭** 上，那裏泊着一艘快艇，我問：「這快艇和他們那兩艘的 *性能* 一模一樣嗎？」

那人點頭道：「對。」

「那有沒有比這型號更快的？」我這樣問，是因為我們必須比他們快，才有機會追上他們。

看那人有點 **猶豫** ，我便知道果然有更快的艇，於是說：「錢不是問題，我願意付出三倍的價錢 **！** 」

那人登時雙眼發亮，悄悄帶我們到碼頭另一角落，那裏泊着一艘 **其貌不揚** 的快艇，我對於各種快艇的

**馬達**頗有心得，因此我一看便發現，這艘快艇裝上了性能極佳的瑞典出品的馬達，而且有三具之多！

我懷疑這人可能在出租快艇之餘，還做些**走私**的勾當，不然不會有這樣高速的快艇。於是我索性**開門見山**地問：「**有武器嗎？**」

他向我會心微笑，帶我們來到**船艙**中，將兩張座椅掀了起來，下面藏着兩箱**子彈**和兩柄**機關槍**。

我和宋堅把身上所有錢都付給了他，那人很滿意，又取出了一張**航海圖**，那是方圓一百里海域之內所有小島的圖，他將泰肖爾島所在的位置，指給我們看。

那泰肖爾島本身，在地圖上幾乎看不到，只能看見一個**環形大島**，在東北方有一個**缺口**，而泰肖爾島就被這個環形大島包圍住。

　　「你去過那個島？」我問。

　　那人搖頭道：「我沒去過，但有幾個胡克黨徒和我相當

熟，他們向我提起過島上的情形。那個環形島，實則上只是

一團  岩石，聳立在海中，最高之處，達到六十公尺高，都是峭壁，成了泰肖爾島的天然**屏障**，所以，胡克黨只在那個缺口的兩旁設有**重武器**，而在其他地方卻疏於防守。」

我一面聽，一面點頭，然後接着問：「關於胡克黨，你還知道些什麼**？**」

「據我所知，胡克黨的**首領**，是一個非常狡猾的人，**無惡不作**，名字叫**里加度**。而島上的黨徒人數，至少有一千！」

我和宋堅聽了，都不禁心頭一震。那人也沒什麼要補充了，便離開快艇，回到岸上去。

我解去 **纜繩**，開動快艇，按照航海圖上所示，朝着泰肖爾島的位置破浪而去。這快艇的速度確實驚人，兩小時後，我從望遠鏡中已發現那環形外島的礁石了。

這時候，天色已漸漸黑下來，為免驚動胡克黨徒，我們離環形島還有一段距離時便關了馬達，然後用船槳划着前進。

當快艇划近礁石的時候，我看了看手表，是 **晚上十時二十分**。

我們沿着礁石外圍細看，發現了一個 **岩洞**，於是將快艇划進岩洞去，洞中漆黑一團，我打開一支 **強力電筒**，看見那岩洞只不過兩丈深淺，就像個天然的 **船塢** 一樣。

我們將艇停好，宋堅說：「衛兄弟，要進入泰肖爾島並不容易，我估計他們仍未成功進去，而是像我們一樣，先找個岩洞棲身，再部署下一步行動。」

我認為宋堅分析得非常有道理，便說：「那我們嘗試找一找他們！」

於是，我們帶上 **手提機槍** 和 **子彈**，也帶上了 **電筒**，各自划一條橡皮小艇出了那個岩洞。

出了岩洞後，我們沿着礁石向前划去，水光幽暗，不到半個小時，我們先後發現了十二三個可以藏船的岩洞，而在其中一個岩洞中，發現了一艘快艇。

那 **快艇** 上並沒有人，從快艇的款式和艇上遺下的物件看來，應該是白奇偉和他的伙伴所租的那艘。

　　沒有特殊的發現，我們退了出來，繼續一個一個岩洞用電筒照射着，希望盡快找到宋富和紅紅，卻**不知不覺**地來到了那(環)(形)(島)的缺口處，我們立即停了下來。

　　那缺口只有不到十米寬，如果守在上面的話，實在沒有什麼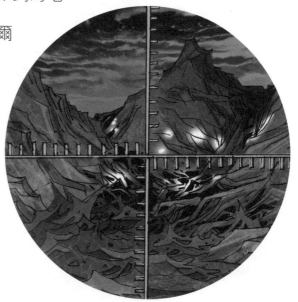**船隻**可以通得過去。而這時，從礁石上，正有兩道**強光**，照射在缺口的那處海面上。我和宋堅小心翼翼地躲在強光照不到的地方，用望遠鏡望向泰肖爾島，只見島上燈光閃耀，顯然胡克黨徒在島上有他們自己的**發電廠**，勢力非常龐大。

我們看了一會，便靜悄悄地划着船，向後退去。

我們不想 **打草驚蛇**，因此沿路返回了我們快艇停泊的那個岩洞口，然後再沿環形島的另外半邊搜尋去。

沒多久，我們便看到前面有一個岩洞在隱約地閃着 **光芒**。

我和宋堅加倍小心，**悄無聲息**地將 **橡皮艇** 划到岩洞口外，看見洞中停着一艘快艇。

此艇和我們剛才發現的那艘一模一樣，艙中亮着 **燈光**，我和宋堅彼此作了一個 **手勢**，然後一同划到快艇邊上。

我們蹲伏在橡皮艇上不動，聽到船艙裏傳出一個女子的聲音：「肯定是這裏了，鋼板上刻得很明白，泰肖爾島，自然是這裏。」

另外一個男子説：「不錯，但我們只能看着，而不能到那個要命的島上去，找出那筆財富！」

我和宋堅聽到這裏，交換了一下**眼色** ，宋堅低聲道：「你表妹**?**」

我點了點頭，也低聲問：「你弟弟**?**」

他也點了點頭。在那快艇上，正是紅紅和宋富兩人**!**

此刻我們終於弄明白，宋富和紅紅果然就是那個生物學家阪田高太郎和他的女秘書。而我更明白到，宋富根本不用**冒充**阪田高太郎，因為，他本身就是阪田高太郎**!**

# 第廿七章

海上逃亡

　　我相信宋富和阪田高太郎實是同一個人，他很早就出國，可能喬裝到了日本，學起 生物學 來，經過二三十年工夫，以宋富的聰明資質，也不難成為一名傑出的 生物學家 。

　　這時快艇上的紅紅嚷着：「教授，你怎麼啦，幾個胡克黨就將我們嚇退了？」

　　宋富説：「不是幾個，這裏是 胡克黨 的大本營！」

　　「那我們怎麼辦？」

「我們先要弄清楚，于廷文將那筆 $\boxed{錢}$ 藏在島上的什麼地方。」

聽到這裏，我轉過頭去，低聲道：「宋大哥，原來他們仍不知道那筆錢究竟是藏在島上哪個位置。」宋堅點了點頭。

剛才紅紅稱呼對方為「教授」，證明我的推斷沒有錯，宋富是一個 **雙重**身分 的人，既是著名生物學家，同時也是宋堅的弟弟，飛虎幫

的叛徒。紅紅和他之所以走在一起，當然是因為他曾在紅紅就讀的那所大學教過書。

我們繼續偷聽，聽到紅紅說：「我們要到島上，才能找到線索啊。」

「我們好不容易將二十五塊鋼板全得到手，如果空手而回，實在不甘心；可是我們一到島上去，只怕不死於胡克黨槍下，也會被他們抓住！」

「我不管！格麗絲都到新幾內亞的**吃人部落**去了，我卻連胡克黨盤踞的小島也不敢去！」

就在他們爭論着的時候，我和宋堅交換了一下眼色，**不約**而**同**地取出那部白老大所製、可以發射**昏迷藥劑**的手機來。

我們輕輕地攀住了那艘**快艇**的舷，但宋富依然聽到動靜，緊張地叫道：「噢，有人！」

我和宋堅躍上甲板，見艙門口人影一閃，緊接着「嗤嗤」兩聲，有兩枚毒針向我們射來。我連忙伏下，就在此時，宋堅「啊呀」一聲跌倒在甲板上。

我大吃一驚，不顧一切地躍了起來，將手機的發射孔瞄準宋富，指紋一按在鏡頭上，一股液汁便如噴霧般噴射而出。

出乎我意料，躺在地上的宋堅竟突然跳起身來，「嗤」的一聲，也向宋富迎面射出毒液。

宋富被 **前後夾攻**，避無可避，只見他身子一晃，「砰」的一聲跌倒在 <u>甲板</u> 上，白老大所配製的迷藥果然管用。

「宋大哥，你沒有受傷嗎？」我緊張地問。

宋堅笑道：「沒有。我是假裝倒地的。」

但這時候，突然「**砰**」的一聲巨響，聽到紅紅的

聲音説：「**誰也別動！**」

只見紅紅從艙裏走出來，手持  來福槍指着我們，此刻的她已經回復原貌，沒有裝扮成中年女秘書。

「紅紅，是我！」我連忙把自己臉上的偽裝撕去。

紅紅看到是我，驚訝得瞪大了眼睛，撲過來擁抱着我，「表哥，原來是你！」

但當下的情況絕對不值得高興，因為胡克黨不是聾子，剛才的槍聲，一定會驚動他們。我推開了紅紅，慌忙說：「宋大哥，我們快駛出去！**快！快！**」

宋堅發動馬達，駕駛**快艇**向岩洞外衝去。

這時候，在山岩之上，已經可以聽到**槍聲**，和一閃一閃的**信號燈光**了。

快艇沿着岩礁，向停泊我們那艘快艇的岩洞駛去，我大聲道：「宋大哥，駛過那岩洞時，你不要停船，一直往外駛去**！**」

宋堅道：「衛兄弟，你要小心！」

我根本來不及回答，因為這時，已經來到了那個岩洞口，我躍入水中，以最快的速度，向洞裏那艘裝備了三個**馬達**的快艇游去。

我登上這艘快艇之際，已聽到外面的眾多馬達聲**縱橫**

**交錯**，顯然是 ✦**胡克黨徒**✦ 已在極短的時間內出動了！

我立刻開動快艇，**飛馳** 出岩洞去，馬上響起了一陣槍聲，只見四艘**裝甲** 🚤 **小快艇**，正在追趕着宋堅駕駛的那艘！

那四艘小快艇的速度比宋堅的那艘快，雙方相距只有七八十公尺，正在緊張地駁火，我連忙將快艇的速度推至極限，追過了那四艘裝甲快艇，向宋堅的快艇旁邊靠近。突然一團黑影從宋堅的艇上「**呼**」的一聲飛了過來，我迅速將其接住，原來正是紅紅。

我拋出了**纜繩**，將宋堅的快艇拴住，馬達怒吼，水花四濺，我的快艇拖着宋堅的那艘，向海中疾駛而去。

這時候，我們的頭頂上 **子彈 橫飛**，宋堅那艘快艇的**引擎**被擊中，正冒着濃煙，而我的那艘快艇，引擎周圍都裝上了 **防彈鋼板**，所以未受損傷。

　　我向後望去，只見銜尾追來的裝甲快艇已有十二艘之多，幸而我的快艇速度比他們快，所以距離愈拋愈遠，終於出了子彈的射程範圍。約莫半小時後，那十二艘 🚤 **裝甲艇** 已經不見了。而宋堅那艘船卻在起火燃燒，我立刻減慢速度，讓兩艇靠近，只見宋堅抱着宋富，從船首一躍而起，落到了我的船上。

　　他一到了船上，反手一掌，想把麻繩劈斷，我連忙叫道：「宋大哥，那二十五塊鋼板！」

　　「我已拿了！」宋堅一掌切斷了 **麻繩**，將那艘快艇拋棄。我們駛出沒有多遠，它便沉下海去了。

　　我們終於可以鬆一口氣，進了 **船艙**，宋堅突然又濃眉緊鎖説：「衛兄弟，我們是脱險了，但白奇偉他們不知怎樣。」

　　我嘆了一口氣，「但願他們**平安無事**。」

話音剛落，紅紅忽然驚呼起來，原來有兩挺手提機槍正對準我們，一把熟悉的聲音響起：「**多謝關心，我在這裏，安然無恙！**」

此人正是白奇偉！他在兩個手持機槍的人之間出現，仍是神父的裝束，滿面得意地說：「真是**無巧不成書**，我們本來逐個岩洞搜尋，看看有沒有直通裏面海域的秘道，卻意外發現了你們的快艇。我們剛上艇，衛斯理便來了，剛才那一場**海戰**，真是精彩。」

宋堅沉聲道：「奇偉，你令他們將槍拿開！」

白奇偉「**嘿嘿**」冷笑兩聲，那兩人立即扳動了機槍，「達達達達」地各自射出了一排子彈。但子彈並不是向我們射來，而是向艙頂射去。

艙頂上，立時開了一個「天窗」。宋堅冷冷地問：「這算什麼，**示威**嗎？」

　　白奇偉也冷冷地説：「正是。如非剛才你們兩人言談之間對我還有幾分關心，這兩排子彈早已到了你們身上。快將那二十五塊鋼板交出來**！**」

　　宋堅沉聲道：「奇偉，你明知島上胡克黨徒那樣厲害，我們自己人還起什麼**爭執**，不如同心設法對付吧！」

　　白奇偉厲聲喝令：「**廢話少説，快取出來！**」

　　宋堅**無可奈何**，將繫在懷裏的一個皮袋解了下來，拋到白奇偉的腳下。

　　白奇偉打開皮袋，一塊兩塊地數着鋼板，一共是二十五塊，立刻露出滿意的笑容説：「好了，你們每人拿個**救生圈**，離開這艘船！」

　　我們聽了，不禁又驚又怒**！**

# 第廿八章

# 二十五塊鋼板 的秘密

白奇偉居然要趕我們下船！在這樣的大海中飄流，根本難以求生，而且這一帶正是太平洋有名的鯊魚出沒區，我們落到水裏的話，很快就會成為鯊魚的點心！

紅紅立即抗議：「我抗議！」

白奇偉冷笑，「你抗議什麼？」

紅紅一本正經地説：「在海洋中心放逐**俘虜**，是違反**日內瓦公約**！」

聽到紅紅講出這句話，我和宋堅雖然身處**險境**，也忍不住大笑起來。白奇偉亦笑了幾聲，説：「好，你們若是死了，就見不到我的成功。那麼王小姐，你把他們兩人綁起來**！**」

他從衣袋取出了幾條**牛筋**，向紅紅拋了過去，紅紅還想不答應，我怕白奇偉又改變主意，連忙勸道：「紅紅，照他的話做吧。」

白奇偉又指着地上的宋富問：「**他死了麼？**」

我説：「沒有，他只是昏了過去。」

白奇偉吩咐道：「將他也綁起來！」

紅紅無可奈何，只好將我們三人的雙手雙足都綁起來，我和宋堅只能**相視苦笑**。

「輪到你了！」白奇偉對紅紅説。

紅紅不滿地叫道：「**我也要綁？**」

「不綁也可以，那麼你得回答我一個問題。」白奇偉將二十五塊鋼板攤在桌上問：「你們是怎麼從鋼板上得知收藏那筆財富的地點**？**」

紅紅露出**耻笑**的表情，「笨！你將二十五塊鋼板拼起來，便可以發現凹凸的圖案正好是這個環形島和中間一個小島的**地圖**。而地圖上還有一頭**大鷹**的圖案，鷹嘴剛好指住那個小島，我們查出那小島就是**泰肖爾島**。」

白奇偉一邊聽，一邊把鋼板拼合起來，果然如紅紅所説，是一個**藏寶地圖**，但他又疑惑地問：「雖説是個小島，但範圍也太大了，怎麼知道**財寶**收藏在哪裏？」

紅紅冷冷地説：「你自己翻過來看看鋼板背後的字吧，我們也未弄懂。」

白奇偉翻轉鋼板，然後把刻在鋼板背面的字念出來：「七幫十八會兄弟之財，由于廷文藏於島上，神明共鑒。」

他念到這裏，略停了一停，然後才念下一段：「白鳳之眼，朱雀之眼，白虎之眼，青龍之眼，共透金芒，唯我兄弟，得登顛毫，再臨之日，重見陽光。」

「這是什麼鬼話！」白奇偉**破口大罵**。

我嘲笑道：「自己不懂，不要罵人！」

「你懂嗎？」他反問。

「我也不懂，但我至少會用腦袋去想，不會開口罵人！」

白奇偉大喝一聲：「**閉嘴！**」

我也不再和他**口舌之爭**，細心思考着那幾句話的意思，只見身旁的宋堅也一直搖着頭，顯然也是**毫無頭緒**。

大家苦苦思索了將近半小時，躺在地上的宋富突然轉動了幾下身子，睜開**眼**來。

紅紅馬上叫道：「教授！」

宋富緊張地問：「你沒事麼？」

紅紅說：「我很好。」

宋富驚訝地看看四周，一時之間弄不清是什麼狀況，我簡單地總結道：「不用看了，總之我們全落在白奇偉手上，包括那二十五塊鋼板。」

宋富聽了後，又看到了宋堅，竟然哈哈大笑地說：「好！好得很！大家一直認為你樣樣都**勝我一籌**，但如今證明你我**不相伯仲**，都敗給一個**乳臭未乾**的小子。」

「你說什麼！」白奇偉登時大怒，一腳踢向宋富。

怎料宋富突然彈起，反向白奇偉那一腳迎了上去。白奇偉沒料到宋富有此一着，來不及反應，宋富已猛地一撞，將白奇偉壓在身下。

我一見**有機可乘**，立即也躍了起來，膝蓋向白奇偉的頭部跪下去。白奇偉遭我們制服脅持，他的手下自然不敢亂開槍，紅紅機靈地將他們的武器沒收了。

白奇偉拚命想掙脫，但宋富顯然在**柔道**上有着極高的造詣，一式十分優美的「**十字扣壓**」，令白奇偉無論怎樣掙扎，都無法掙脫。

「還不為我們解綁！」宋富怒吼一聲，那兩個手下也不等白奇偉的指示，立刻為我們解綁。

我和宋堅立即從紅紅手上取了**武器**，指着白奇偉。

宋堅叫道：「富弟，你起來。」

宋富「哼」了一聲，「你又神氣什麼？不是我，你們能脱身麼？」

　　宋堅忍住怒火，客氣地說：「不錯，這次是你的**功勞**。請你起來吧，**大英雄**。」

　　宋富冷笑了一下，便一躍而起。白奇偉接着也翻身站起，他自知**寡不敵眾**，即使滿腔怒火，暫時也不敢發作。

　　宋堅沉聲道：「如今我們必須**化敵為友**！」

　　此話一出，宋富和白奇偉都嘲諷地大笑起來，而且一個向東，一個朝西，都不願意看到對方的臉。

　　誰都能看出，這兩人根本不可能**合作**，先別說他們兩人之間會起衝突，就是面對我們，也隨時會找機會**叛變**，亂了大局。

　　我突然將手上的**機槍**拋起說：「不用爭，誰先搶到這把槍，就由誰來領導行動！」

　　宋富和白奇偉都立刻轉過頭來，躍起搶槍。而宋堅和

紅紅都對我的舉動大感 **驚訝**。

但我就趁這時機，迅速掏出白老大給我的那部 **特製 手機**📱，向白奇偉和宋富的臉上噴射液霧，兩人迅即渾身發軟，倒在地上昏迷。

宋堅大感意外，「衛兄弟，你做什麼？」

我解釋道：「宋大哥，他們兩人懷有 **異** 💙，絕不能合作！」

「那你準備將他們怎麼樣？」宋堅問。

「暫時將他們送到附近的 **荒** 🏝 **島** 上，留下糧食給他們，等我們事情辦好後，再接他們走吧。」

宋堅想了片刻，嘆一口氣説：「看來也只好如此了。」

於是我駕駛快艇，來到一個荒島，命白奇偉的兩個手下，抬着白奇偉上島去，給他們留下了七天的 **糧食** 和 **食水**💧，然後，又駛到附近另一個荒島，將宋富抬了上去，也

留下食糧和水，並在他的手掌寫了字句，告訴他耐心等待我們回來。

將白奇偉和宋富兩人都**處置**妥當後，我和宋堅、紅紅都覺得，只有登上泰肖爾島，才有辦法弄明白鋼板上那段文字的意思。可是不論硬闖，還是偷偷登島，都是**九死一生**，除非一個辦法，就是假裝與胡克黨合作**尋寶**，務求先成功登島，然後才**見機行事**。

反正也別無他法了，所以我們三人一致贊成。於是，我們又向泰肖爾島駛去，在旗杆上升起了一面**大白旗**，以示絕無惡意。

我們從環形外島的那個缺口緩緩駛了進去，聽到幾下**槍響**，但似乎都是向天而鳴的。我們一駛近，四面同時有一艘快艇包圍過來，我也立即停了船。

駛近來的快艇上，船頭都各站着一個人，**全副武裝**，

十分嚴肅。

　　我早已吩咐紅紅躲在艙中，不要出來。而我和宋堅則站在船頭，我刻意不用英語，而用**呂宋土語**說：「你好，我們是來見你們✦首領✦的。」

**第廿九章**

## 胡克黨的大本營

　　對方四人面色一變，其中兩人甚至大聲呼喝起來，我立即說：「我們絕無惡意，我們是 **中國人** ，有一個非常大的利益，想和你們首領合作。」

　　他們竊竊私語了一會，其中一人便發射一枚 **信號彈** ，沒多久，另一艘快艇駛了過來，站在船頭的，竟是一個白種人，事後我才知道他是一個 **美國流氓** ，名叫**李根**，協助胡克黨從事各種走私買賣，在胡克黨中頗有地位。

他高傲地打量着我和宋堅，同時聽取那四個人的報告，然後説：「中國人，想要幹什麼**？**」

我冷冷地説：「想要見你們的首領。」

「我就是，有什麼事情，對我説好了！」李根的態度非常傲慢。

我看到那四個菲律賓人面上流露出 **厭惡** 的神色，便知道那美國流氓在自抬身分，他根本不是首領。

我冷笑一聲説：「**你是首領？**那對不起，我們要見的是里加度。」

此話一出，那四個菲律賓人便高聲歡呼起來：「**里加度！里加度！**」

李根顯得有點狼狽，但流氓的面皮就是厚，哈哈一笑説：「不錯，你們要見的，就是首領，請跟我來！」

我們看出他**目露凶光**，已將我們當作**敵人**，他領

頭帶着我們向前駛，另外四艘快艇圍在我們周圍，沒多久，便到達泰肖爾島岸邊的一個碼頭。

只見 **碼頭** 的路邊蹲滿了人，那簡直是 **天下罪犯形象** 的大本營，各種凶惡的 臉譜 都有。我登岸前，特意用鄉下話叫道：「紅紅，你躲在艙中，千萬不可出來，夜晚不能 **亮燈** ，一發現有異動，就立即開船衝出去，他們追不上你的，你聽到了，不要回答。」

紅紅很 **機警** ，她當然聽到我的話，果然未出聲回答。

我們上了岸，李根仍在前面帶路，路旁的 **惡徒** 個個以凶巴巴的目光看着我們。我忽然看到，李根向路旁另外兩個白種人做了一下手勢，又以大拇指向後指了一指我和宋堅。

那兩個白種人立即 **懶洋洋** 地站了起來，走到我們身

旁。

我和宋堅交換了一個會心微笑，裝作沒看到一樣，繼續向前走，那兩個人跟在我們後面，其中一個罵道：「中國畜生**！**」

我轉過身來問：「**你說誰？**」

「**說你！**」那白種人大喝一聲，同時右拳已「呼」地揮了過來！

我向旁一閃，他的拳頭在我臉旁掠過，我不等他再起左拳，已老實不客氣地右掌擊中他的下巴，然後又一記左勾拳打中他的**面頰**，使他怪叫着倒地，連爬都爬不起來。

另外一人見形勢不妙，「**啪**」的一聲，彈出了一柄**彈簧刀**，向前一送，直刺向宋堅的肚子。宋堅吸了一口氣，將肚子縮起來，刀尖貼在宋堅的衣服上，但力道完全被卸去，宋堅未受半點傷。

那白種人呆了一呆之際，宋堅已抓住他的 脈 門，將彈簧刀反過來，在對方的肚皮上劃了一刀。那白種人捧着肚子，張大了眼睛，不斷向後退，最終倒在路上。

我們看到不少菲律賓胡克黨徒都在暗中偷笑，由此可知那些白種人多半 作威作福，不受胡克黨徒歡迎。

在兩人相繼受傷後，李根的 面頰 難看到了極點，一聲怪叫，踏前一步，便向我撲了過來。我看出他 西洋拳 的根底很好，我身子一閃，閃到了他的背後，一腳踢在他

的屁股上，把他足足踢出了七八步遠，摔在地上。

李根立即翻過身來，同時手中已握着一柄**手槍**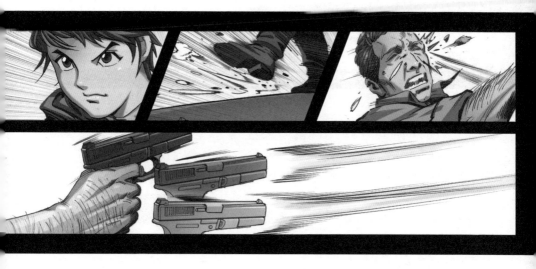，

我早已料到有此一着，不等他扳動槍機，我左腳已飛踢起

來，將地下的砂石揚起，襲向李根的雙眼。

他視線受阻，盲目地放了三槍，有兩個胡克黨徒中

了**流彈**，而我的左腳順勢向李根拿槍的手腕蹬去，

手槍即時飛脫，而他的手腕骨也應聲折斷了。

　　由於另有兩個胡克黨徒中了流彈，所以秩序大亂，有人向天放槍，有人高聲大叫。我和宋堅正**不知所措**之際，忽然傳來一陣汽車響號，一輛**吉普車**駛至，所有人都立刻靜了下來。

　　車上除了司機之外共有五人，其中四個像水牛一樣壯碩的菲律賓人，顯然是**保鏢**，而另一個穿著十分整齊的菲律賓人喝道：「**什麼事？**」

由於大部分胡克黨徒都**衣衫襤褸**，所以這個人衣服整潔，看起來十分惹眼。他約莫一米七高，四十上下年紀，膚色**黝黑**。我知道他一定是里加度了，便開口說：「里加度先生？」

他指了指那幾個受傷的白種人，問我：「是你們的傑作？」

我尚未回答，已有人叫道：「美國人先**挑釁**的！」

里加度**皮笑肉不笑**地牽了一下嘴角，又問：「你們來幹什麼？」

他一面說，一面使了幾個眼色，他車上的四個大漢便**一躍而入**，同時，在場的胡克黨徒也靜靜地移動着，片刻之間把我們圍住。而那三個美國人已被人扶了開去。

我**開門見山**說：「有一件事，只要你肯合作，對你們，對我們，都十分有利。」

「有利到什麼程度？」他冷冷地問。

「有利到可以在島上建一座**超級城堡**。」我將手一伸，向所有人指了一指，「你們每一個人都有自己的 豪華房間 ！」眾人聽了都張大了嘴巴。

里加度凝視着我好一會，説：「**上車來。**」

我和宋堅便跟隨四個大漢上車，吉普車沿路飛馳，一路上可以看到許多水泥建造的碉堡和倉庫，看起來有不少已用作住宿了。

一直駛至公路盡頭處，乃是一個 **小山谷**，在山谷正中有一座頗大的水泥建築物，看來是一個大倉庫。里加度沿途都沒有和我們説話，車子一停，他才説：「到了。」

我和宋堅跟着他們走進那 **大倉庫**，來到一個房間，房裏有幾張 **沙發**，陳設頗為豪華。

我們都坐定之後，那四個大漢，兩個守在門口，另外兩個站在我們的背後。里加度開口道：「你們可以説了，

是走私軍火？毒品？還是要綁架哪個富豪？」

我笑了起來，「放心，此事不用犯法，就能**坐享其成**。」

里加度眉頭一皺，半信半疑。

我立即解釋：「先生，全因你運氣好，這個島上，埋藏了一個巨額的寶藏！」

里加度質疑道：「一個寶藏，值得你們冒着**生命危險**來闖我們這個島？」

我微笑説：「因為那寶藏價值之大，足以使你將我們當作最好的朋友看待。」

里加度笑了幾聲，問：「藏在什麼地方?」

我向宋堅點了點頭，宋堅便取出那二十五塊鋼板，而我就將七幫十八會當年集中這筆 *財富*$ 的經過，向里加度簡略地說了一遍。

里加度愈聽愈感興趣，而宋堅已將二十五塊鋼板拼好了，里加度仔細地看了一會，問：「準確的地點，要靠後面的字句嗎？」

「**估計是。**」我接着又將後面那幾句話翻譯給里加度聽。

里加度在房中踱了一會，面上忽

然現出 **欣喜** 的神色。

「里加度先生，你對這幾句話有了什麼 概 念 嗎？」
我問。

「沒有。不過既然在這個島上，一定可以找得到的。
不論那筆財富是多少，由我來分配。」里加度說。

但我以十分冷靜的語調 **拒絕**：「不，一人一半。」

里加度威嚴地再強調：「**由我分配！**」

我們本來就不是真心想和里加度合作，只是借合作之
名登上泰肖爾島，如果 談 判 太順利的話，反而變成真
合作了，所以我刻意拖延，堅持道：「**必須一人一
半！** 沒有我們，你也不可能找得到那寶藏。」

「既然這樣的話──」只見里加度向我們背後那兩個大
漢使了個 **眼色** ，我和宋堅不禁緊張起來，作好戒
備。

# 第三十章

　　我和宋堅以為里加度會吩咐那兩個大漢對我們**動手**，

怎料他說：「分配的問題，可以明天再談，兩位就在這裏

休息，他們會留在門外保護你們。」

　　里加度講完之後，便帶着手下走了出去。

　　宋堅一面收起那二十五塊鋼板，一面擔心地說：「事情

會不會太順利了？萬一里加度真的答應對分寶藏，那麼我們

豈不是真的要和他們合作？」

我苦笑道：「像胡克黨這樣**窮凶極惡**的組織，你認為他們會願意和我們平分寶藏嗎？還有，里加度聽了那段文字的翻譯後，完全不急於討論文字中的含義，也沒有拿走我們的鋼板去慢慢研究，這不是很奇怪嗎？除非──」

宋堅驚訝地說：「你的意思是，里加度已經知道**藏寶**地點？」

我點着頭，「這個可能性非常大。當他成功找到那筆財富後，我們的命就沒了。所以我們必須找機會逃出去。」

這個房間除了**房門**之外，並沒有**窗戶**，但是卻有一個**氣窗**，氣窗上裝着手指粗細的**鐵枝**。

我嘗試開門，但門被鎖上了，打不開。我攀上那個氣窗，向外看去，只見那四條大漢果然在門外守着，美其名是保護我們，但一看便知，這分明是把我們**禁錮**着。

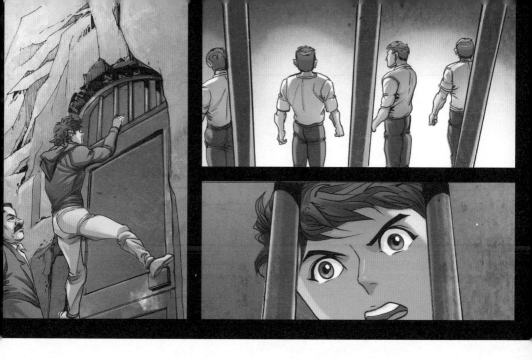

　　由於倉庫到處都有胡克黨徒，我們決定等到晚上人人都入睡後才逃走。

　　到了**午夜**，我又攀窗一看，發現那四條大漢依然守住門口，而其他黨徒雖然都入睡了，卻萬萬想不到他們全是**席地而睡**，我們要出去的話，必須在這些人的身旁走過。

　　我將看到的情形低聲告訴了宋堅。宋堅示意我下來，他立即攀上了氣窗，只見他手向外揚了幾下，門外便傳來四下「咻」、「咻」的呼氣聲。我知道那四個大漢已被宋堅擊中了 穴 道 ，短暫昏迷了。

他雙手連拉了幾下，便將氣窗上的鐵枝拉開了一個洞，輕輕地躍了下去，我也連忙躍出，我們**無聲無息**地經過眾多睡夢中的胡克黨徒，並順手拿走了兩挺**手提機槍**，逃出倉庫，走進了**荒山野嶺**之中。

沒多久，我們發現一個極高的山頭上，亮着許多**強光燈**，而且不少人影在燈光下走來走去。

「他們很可能在勘察藏寶地點！」我說。

我和宋堅立刻趕去那山頭。由於天黑，加上山路難行，當我們來到山頭附近時，天已經開始亮了，而我們也清楚看到，那裏有兩台**掘土機**正在操作！

我們伏在草叢中，細心觀察。只見那兩台掘土機已在山頭上挖出了一個**大坑**，深約兩米，仍在挖掘着。而那個大坑的四周，赫然立着四塊**石碑**！

那四塊石碑都約一丈高、三尺寬，分別刻着鳳、龍、

虎、雀四種不同動物的圖案，但刻工十分粗拙。

四個圖案的眼睛位置都有一個約寸許大的 圓 孔 ，我立即想起那二十五塊鋼板上所鑄的字來：白鳳之眼，朱雀之眼，白虎之眼，青龍之眼，共透金芒……

那一連四句 莫名其妙 的話，在這山頭上便找到了答案。難怪里加度昨晚聽完我說那段文字的意思後，露出了欣喜之色，因為他已經知道，文字所指的位置就是這山頭，他只等成功掘出寶藏，便會將我和宋堅殺掉！

此時山頭上至少有二十個 胡克黨徒 ，美國人李根也包含在內，每個人手上都有武器。

里加度站在那個大坑邊上，向下望去，面有難色，口中在不斷地咒罵。李根在他身邊說：「首領，我們上了那兩個中國人的當！」

里加度面色一沉，繼續催促那兩個操作 **掘土機** 的人加緊工作。

宋堅低聲說：「衛兄弟，里加度既然已找到正確的地點，這樣掘下去，總會掘到的，怎麼辦**？**」

他們挖掘的位置，真的是正確地點嗎**？** 我仔細地看看那四塊石碑，它們東一塊、西一塊，有的南北向，有的東西向，一點 **規則** 也沒有。

而他們正在挖掘的位置，顯然是在四塊石碑之間拉了兩條 **對角線**，找出交叉點。我眉頭一皺，也認為相當合理，焦急地問：「宋大哥，你用『**滿天灑金錢**』的手法，可以一下子擊倒多少人？」

宋堅想了片刻，「盡我最大的能力，可以傷十個人。」

此時里加度突然叫停了掘土機，接着吩咐十來個人跳進坑裏人手挖泥，我向宋堅使了個眼色說：「宋大哥，**擒賊先**

**擒王**，里加度深得胡克黨徒愛戴，如果能將他制住，或許尚有**勝算**。」

宋堅點了點頭，雙手在地上摸索着，不一會，便抓了兩堆有尖銳稜角的**小石子**在手，然後靜心觀察各人的位置，準備就緒後，便突然站起，雙臂一揚，十餘枚小石子激射而出！

我趁小石子射出之際，一躍而出，着地便滾，滾到了里加度的身旁。

宋堅的小石子，擊到了八九個胡克黨徒，但有一兩個**漏網之魚**立即開槍，子彈呼嘯而過，幸好我頃刻間已滾到里加度的腳邊，握住他的腳踝，用力一抖，硬生生地將他拉倒地上！

里加度怪叫一聲，在土坑中工作的胡克黨徒紛紛躍了出來，可是都太遲了，里加度已被我壓在身下，而他的**佩槍**

也被我奪了過來，正指着他的 太 陽 穴 。

但我向宋堅看去，只見他跌倒在地，左腿上一片殷

紅，向我苦笑道：「還好只是射中了大腿。」

我**當機立斷**，連忙揚起頭來，以呂宋土語喝道：「**不想里加度死的話，你們都得聽我的命令，誰也別動！**」

我的話一出口，誰都不敢亂動，除了一個人迅速地向山下跑去，他就是李根。我要制住里加度，宋堅又受了傷，只能眼睜睜地望着李根**連滾帶跑**地向山下竄去。

而沒多久，山下便傳來胡克黨徒鼓噪的聲音，我對里加度説：「先生，你應該知道怎麼做。」

里加度便向手下説：「吩咐山下的人，不要衝上來。」

立即有兩個人站在山頭邊上，向下面大聲喊叫，**傳令**下面的人不可衝上來，以免危及首領安全。

我又命令山頭上的其他胡克黨徒放下武器，跳入大坑中。我將地上其中一柄手提機槍踢給宋堅，宋堅抓在手中，檢查了一遍，便放在身邊。然後，他撕破了褲子，以

一柄小刀，將中彈處劃破，撬出彈頭來，再灑上了隨身攜帶的 **止血藥**。

宋堅仍臥在地上，提着 **手提機槍**，而我拖着里加度來到了坑邊，向下望去，那坑已挖了十多尺深，可是還未有任何發現。

我正思考着下一步該怎麼做之際，突然聽到山下響起了陣陣吶喊聲，並且夾雜着零星的槍聲，使我和宋堅 **大吃一驚**。

接着我們還聽到山下傳來 **擴音器** 的聲音，那是李根在大聲叫道：「我們的首領在山上被困，大家快衝上去 **殲滅** 敵人！」

此話一出，大吃一驚的人就不止我和宋堅了，還加上里加度，因為他是個 ☆**聰明人**☆，一看眼前的形勢便知道李根想幹什麼。

李根想利用「拯救首領」的名義，**煽動**胡克黨徒衝上山來，只要趁混亂把山頭上的人全部滅掉，包括我們和里加度，那麼胡克黨首領之位，便可以由他取而代之了！

想不到我們鷸蚌**相爭**，結果竟然讓李根這個流氓漁人**得利**！（待續）

### 若無其事

我竭力地裝作**若無其事**，苦笑道：「宋大哥別取笑。」

**意思**：形容一個人神態鎮靜。

### 利慾薰心

只見白老大嚴肅地站起來，望了宋堅半晌，說：「中國幫會之中，雖然人才輩出，但不少因為**利慾薰心**而晚節不保。宋兄弟，你在七幫十八會中的威望僅次於我，我也對你十分尊重，總希望你不要自暴自棄！」

**意思**：被貪財圖利的欲望迷住了心智。

### 肝膽之交

宋堅面色一變，憤慨地說：「老大，我和你是**肝膽之交**，講話不用閃爍其詞，有什麼話不妨直說！」

**意思**：形容關係十分親密的朋友。

### 難以置信

眾人交頭接耳起來，都現出**難以置信**的神色。

**意思**：很難讓人相信。

## 不由自主

他正問着的時候，那女子恰好回過頭來，我一看清她的面容，**不由自主**發出了一下驚呼。

**意思：**自己不能作主，表示無法控制自己。

## 不速之客

屋內的一切全被搗毀了，只有一張沙發是完整的，那是因為有一位**不速之客**正坐在那沙發上，還提着一柄機關槍，指着我和宋堅，只要他手指一動，我和宋堅就馬上變成黃蜂窩了。

**意思：**沒有受到邀請而自己前來的人。指意想不到的客人或不請自來的人。

## 如夢初醒

「我說……」宋堅的聲音非常含糊，他一連兩次都這樣，我登時**如夢初醒**，知道他準備有所動作。

**意思：**好像從睡夢中剛醒過來。比喻從糊塗、錯誤的認識中清醒。

## 別來無恙

「秦兄弟，**別來無恙**嗎？」宋堅笑道。

**意思：**離別之後沒有壞事發生，通常做問候語。

### 津津有味

阪田點點頭，也不睡了，打開一本雜誌，看得**津津有味**。

**意思：**：形容十分感興趣。

### 故技重施

飛機起飛一會後，我忽然想起了宋堅剛才的妙計，不妨**故技重施**。

**意思：**再次耍弄老方法、老手段。

### 爐火純青

一個著名的生物學家，居然會這種功夫，而且還練得**爐火純青**，實在大有可疑。

**意思：**比喻學問、技術、功夫等到達純熟完美的境地。

### 瞠乎其後

我和宋堅不禁嚇了一跳。胡克黨是一個窮凶極惡的盜匪組織，其無法無天的程度，連意大利「黑手黨」都**瞠乎其後**。

**意思：**比喻落後很多，追趕不上。

## 其貌不揚

那人登時雙眼發亮，悄悄帶我們到碼頭另一角落，那裏泊着一艘**其貌不揚**的快艇，我對於各種快艇的馬達頗有心得，因此我一看便發現，這艘快艇裝上了性能極佳的瑞典出品的馬達，而且有三具之多！

**意思：**形容外貌平庸或醜陋難看。

## 不約而同

就在他們爭論着的時候，我和宋堅交換了一下眼色，**不約而同**地取出那部白老大所製、可以發射昏迷藥劑的手機來。

**意思：**彼此事先並未約定，而意見或行為卻相同。

## 無惡不作

「據我所知，胡克黨的首領，是一個非常狡猾的人，**無惡不作**，名字叫里加度。而島上的黨徒人數，至少有一千！」

**意思：**幹盡了壞事。

## 漏網之魚

宋堅的小石子，擊到了八九個胡克黨徒，但有一兩個**漏網之魚**立即開槍，子彈呼嘯而過，幸好我頃刻間已滾到里加度的腳邊，握住他的腳踝，用力一抖，硬生生地將他拉倒地上！

**意思：**比喻僥倖逃脫的罪犯或敵人。

# 衛斯理系列少年版 12
# 衛斯理與白素 上

作　　　者：衛斯理（倪匡）

文 字 整 理：耿啟文

繪　　　畫：鄺志德

助理出版經理：周詩韵

責 任 編 輯：陳珈悠　彭月

封面及美術設計：BeHi The Scene

出　　　版：明窗出版社

發　　　行：明報出版社有限公司

　　　　　　香港柴灣嘉業街 18 號

　　　　　　明報工業中心 A 座 15 樓

電　　　話：2595 3215

傳　　　真：2898 2646

網　　　址：http://books.mingpao.com/

電 子 郵 箱：mpp@mingpao.com

版　　　次：二〇二〇年六月初版

　　　　　　二〇二二年七月第二版

I S B N：978-988-8526-92-5

承　　　印：美雅印刷製本有限公司

© 版權所有　•　翻印必究

本書之內容僅代表作者個人觀點及意見，並不代表本出版社的立場。本出版社已力求所刊載
內容準確，惟該等內容只供參考，本出版社不能擔保或保證內容全部正確或詳盡，並且不會
就任何因本書而引致或所涉及的損失或損害承擔任何法律責任。